心疼く

とーい日々
幸福《しあわせ》が忘れなくて
洗いたての空に手折《たを》る

「ジャニー　ギター」より
ペギーリー

もくじ

愉しむ　心

鮮やかな　美しき朝焼けに　　1礼
心に誇れる言葉　　心に沁る言葉
　捧げます
生きる　チカラ　寄り添う心　　生る術《すべ》
心が弾む話し言葉　　ハッピー　になって
きっとくる　くる　明日《あした》になれば
戯れて　心と心　深呼吸して
掌を視る　掌の筋をたどって考がえる

ハッピーな戯れの話し言葉　　パワーがあって
笑顔で　ハイターチ　　ガッポーズ

明かるい　微笑み　心のなかに
孤独な心　忘れて愉しむ〳〵
明かるい心　忘れない
青い空　わたしの青い空　空に　雲に
詩《うた》がある　大地に　空に　——

心　に

明かるい言葉に　心が弾む
囁やく　吐息《といき》　心に　沁みる
強よく　強よく　抱きしめて

明日《あした》があるから　夢があるから
心　志《こころざし》　たかく　心に染て
本気な言葉　心に　タクサン　クダサイ

逢えなくって　はじめてしった
あなたの本気な心　心に包まれて
心が騒ぐ　とーい日々の残像　心に　慟哭《なく》

たそがれの　空
街路樹　秋　いろに染られて
あなたに　寄り添う心　本気な言葉
戯むれた心　舗道で　街灯の光が笑う

心に沁みる言葉
どこに　どこに

孤独ですか　□□□□□
心に寄り添う　微笑みの言葉
タクサン　クダサイ
慈
愛
心
望郷の心　鼓舞《こぶ》して　忘れない

な　の　に

あしたに　なれば

ハイターチ
　ガッツポーズ

ハッピー　ダヨウー

慈愛心の　話し言葉
鼓舞《こぶ》して　人生道程《いきるみち》
望郷の心
いつまでも
忘れない

明日《あした》　になれば
拓ける　言葉に　ハイターチ
空に　大地に　手折《たをる》

ジャニーギター

とーい日々　幸福《しあわせ》が忘れなくて
洗いたての空　思い切り　笑って　バイバイ
別れも　愛の証《あかし》だと　人間様は云う
涙　頬に流れて　慟哭《なけば》　いい　●●●

ふりむかないで　ジャニーギター
辛い　悲しい綴り手紙
心　心　に刺す　ジャニーギター

ふりむかないで　哀しい　メロディー　音色《ねいろ》
　涙　すすり泣く
心　美つくしい　ままに微笑《ほほえ》む夕ぐれ
街カドの灯りが点《ともす》　街路樹の夜半

㊟　ジャニーギター
　　ペギーリー

恨み顔

秋がきて　深かい夕ぐれ
街路樹に　風もなく
静に散って去《い》く　夕陽

街灯の光　舗道に染られ
深呼吸
心が騒く　心が孕《はら》む

慈愛心を捨て　憎たらしさの顔
中秋の名月　脅かさた中秋の名月
心のなかで　慟哭《なく》

あなた　あなたの
うしろ姿に　詫びる

昼る下がり――
風がささやく　春の風
チューリップ　の花弁《はなびら》　咲き競って
街路樹の　ベンチ
心と心　温かい言葉

一汁《ひとじる》の生活《くらし》に　マケルナ
心　心　強く　根性強く
五感に輝やく　言葉
明日《あした》になれば　きっと来る
イイネー　イイネー

春の日脚が長く
いつまでも　忘れわしない
本気な言葉　心に刻む

こち　あちら

心　に　スッイチ

空に　大地に輝やく
朝の太陽に　向って　1礼
青い空　心が弾む　声え高からかに
生る　チカラ　心に刻む
ハッピー　が　ハッピーの言葉になって
明かるい　笑顔と言葉
空に　雲に　笑っている

澄みわたる　青い空
空のなかに　生るスイッチがある
明日になれば
本気な言葉　くるだろうか○○○

流れ星

夜半の星空　すっと流れ星が
あわれ　哀しい面影《おもかげ》　夜空に浮ぶ
凍てつく心　掌の筋をたどって
考がえる　街灯のあかり舗道に染めている

慈しみ深かい言葉　どこに　どこに
生る　チカラ　心にクダサイ

夜空に　聖　フランチェスコの
鐘が鳴りわたる　心に響びく夜半の空

明日《あした》になれば
くる　だろうか ――

深かい深かい　心
朝の陽光《ひかり》　あびて
街路樹の　ベンチに
くるだろうか
アナタ　待《ま》つ早朝

流す涙　掌にして
舗道にふてて　幸せ探しの旅路《みち》
とぼ　とぼ　舗道に染めた涙

●●●

1歩　1歩　心　強くなって
哀しみ忘れ　生《いき》て　生《いき》る

ひとり　泣いています

心に刻む

アナタニ　アナタニ
生る　パワー　心まで愛《いと》しい　言葉
捧げます　心地よく　空　晴れわたる
春がそこに来て　ステンド　ガラス
窓の　灯かりに　チョウーが　舞う
瞳　輝く言葉に  慟哭《なく》

ふりむかないで　人生《いきる》　道程《みち》
ふりむかないで　明日《あした》があるから
生き様　探し
どこに　どこに　●●●

たそがれの街カド
アナタ　待っている街
人生《いきる》　チカラ　心に刻む
ドキリ　心　パアーアップ　ドキリ——

青い空に

朝焼け　鮮やな美しき秋　いろの空
昨夜の　あなたのメイクーの
香りを抱いて
　朝焼けの
青い空に　　1礼して　手折《たをる》

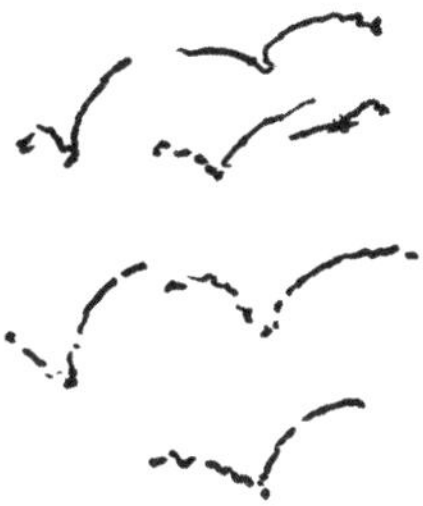

悲しみの
心の空洞
駆け足で
街路樹の
なかに　　消えて去《いく》

春がそこにきて　風もなく
街路樹　新しい芽が　心地よく
空に向って　笑って　笑っている

風と風　本気な　くちびる
心　こめて捧げます
風がそっと　肌を包

あちらの風　こちらの風
春の風のなかに　泣いて　泣いて
明日《あした》に生る　言葉　風が誘れてくる

そして●●●

歓こびの詩《うた》

生きがい探し　どこの旅路《みち》
こちの旅路《みち》　あちの旅路《みち》

こぶしの花　歓こびの詩《うた》
春の声　空たかく　心　ひびく

ウー　スゲイ　心地よい春の言葉
シャキ　シャキ　生るのだとつたえている

熱い心に　つつまれて　歓こびの詩《うた》
大海の地平線　夕陽のなかにいる

春の街路樹に新芽か
空に向って　笑っている
長い冬眠に耐えて
　春の声に　ドキリ　ドキリ　ダヨー
　生きて　生　る　ひとりぼっちで ——
　春の風に吠えている

風のなか　ほつれ髪の包い
涙　涙　夢のなかの　物語《ロマンス》

忘れない　どこまでも　忘れない
本気な　くちびる
生きがい　探しの旅路《たび》
心　のふるさと　古里どこに
あの街　あそこの街　あの街

スゲイ　ドキリダヨー

忘れない

揺れうごいた　心と心
秋　深く　風が奏《かな》でる音色《おと》
澄みわたる　昼る下がりの街路樹

とーい　とーい日々
人生《いきる》　道程《みち》がなくて　忘れて
落穂拾い　一汁一釆の生活《くらし》
忘れない　忘れわしない

街を彩る　街路樹　夜空に流れる
閃光《せんこう》の光　大地に散る

あの街　この街　あの街

青い空　私の青い空
ウー　スゲイ　アップ　アップ　ドキリ
どこに行くの　ネエ　ネエーッテバアー
シャキ　シャキシャキした言葉

心に詫びる　詫びる
青い空に　1礼して手折《たをる》

街路樹のベンチ——
静寂な心に　慟哭《なく》

詫びる

六月　なのに●●●

　街路樹の夕ぐれ
舗道《みち》に　六月の風が肌を包むよ　　心と心
儚く切なく　街灯がにぶく光る
掌の筋をたどって　考がえる　考がえてみる
いつまでも　掌の筋をたどって考がえる
街灯の光　掌のなかに

夕ぐれの街路樹　ベンチの片隅
アジサイの花弁《はなびら》が　風に揺れている
六月の風　　奏でる言葉
　心と心の契り　夕ぐれの空に
チョウが舞う　どこどこに　詣《マイル》う
とーい夜空の彼方に
心と心　　の契り　夜空の星のなかに
1礼して　星屑に　慟哭《なく》

あちの街カド　　そこの街カド
ひとりぽっちで　まっている
アナタ　　アナタの
本気な言葉
心　　に　　クダサイ

待って　待っている
あの街カド　　まがりくねった街カド

夕陽が舗道を染めている
あの街カド　　　待っているよー

あの街　どこの街

冬　いろの空
いつまでも　じっと視る
大海の　水平線

冬　のいろに染っている
夕ぐれの空
悲しい　つらい
宿命　運命の空

背中にいれて
涙　涙　涙　溢《あ》ふれ

大海　聖母《マリア》に
祈りを　捧げます

詩《うた》　を　クダサイ●●●

土砂降りの雨　心身《こころ》のすきまに降る
吐息《といき》が　心身《こころ》に残って　乳房《むね》にひびく
おくれ髪の匂　　忘れなくて
話し言葉を凍らせ　こころ震える
なつかしい舗道《みち》　なつかしい街路樹

夢のなかで泣いて　時間《とき》の流れに泣いて
心身《こころ》やせて　人を恋う都会《まち》の夕ぐれ
乳房《むね》の中で　心身《こころ》　涙　ぬらし
こんなにも　アナタを　愛している　私《わたし》
心に残る街路樹　静かな舗道《みち》

悲しい風　揺れている　心と心の契り空のなかに
遠い日の指びきりの掌の匂い
夢のなかで泣いて　心身《こころ》のなかで泣いて
恋しい肌　忘れなくて夕ぐれの空に慟哭《なく》
なつかしい街路樹　　哀しい　舗道《みち》

愛しさ　ふたたび

恋の詩《うた》

恋も泥に　まみれて　水たまりに
悲しい風　心のなかを　なき叫けぶ
ふたたび　逢える日　心に刻む

ひと肌　ささやく吐息　心に沁みる
春に捧げた　躰《からだ》　心身《こころ》が震《ふる》えて
秋の空に　別離《わかれ》の躰《からだ》に哭き
灰になるまで　強よく抱きしめて　ネエー

生命《いのち》を賭《かけ》て
夕陽の空に手折《たをる》

心に

空に
雲に
大地に
生る
詩《うた》がある
身心《こころ》に
チカラを　クダサイ
知心力を　●●●
心　心に
刻む

あなたに　あの女性《ひと》に
寄り添う　本気な言葉

蝕む　痛み
生る術《すべ》に　慟哭《なく》

生る　心　生る　　チカラ
忘れて　忘れなくて
心から　早朝の青い空に　1礼して
恥る　　心底　　手折《たをる》

青い空に　手折《たをる》

　早朝の八月　青い空に
1礼して　拍手喝采
心が弾む　心が騒ぐ風が揺れる
空に　深呼吸
心が「軽るく」なって
でも　でも　生るのが　切つなく　苦しく
人生《いきる》　道程《みち》に涙があふれ　負けないチカラ
心　心　のなかに　
聴診器で　診察して　クダサイ

　ハイー　ハイー
お伝えします　前頭前野　海馬
大丈夫です　とても　素晴しい
本気になって　生てください
「人間失格」になりません
明るい笑顔で　手を空に向けて元気よく
舗道を歩いて　歩いて　生《いき》てください　ネエー
　拍手　喝采

チェンジ　ですか

雑草に負けない　●●●

儚く　切つなく
心と心　慟哭《なかない》
風に揺れている
街路樹の　けや木のひと枝に
心　が　緩む　新しい芽が蕾みが
春の風のなかで笑っている　●●●

舗道の片隅の雑草
人間様に足で踏まれても
採っても　また　採っても　舗道に芽をだす
雑草に負けない　負けてたまるか——
負けない　雑草の生命力に負けない

人間様に　罵倒されても　蹴とばされても
雑草のように　生て　生　る
そんな人間様になて　人生を生　る

心
モヤ　モヤ
砕けてしまって
心
ドキ　ドキ
砕けて泣いて　泣く
心
ワク　ワク
砕けて空をみる
心
ザワ　ザワ　ザワ
砕けて崩折《くづれ》れて慟哭《なく》
心
パラ　パラ　パラ
砕けて　笑う笑う

冬の空

心に　心が

ふりむかないで
逢えなく　なっちゃって
夕やけ空に　ほつれ髪
街路樹で　心　心　くれない●●●
吠る　叫ぶ　北風のなかで

心に誇れ

こんな恋しい街カド
秋空に流れ　流れて去《い》く　秋の雲
大地に　詩《うた》がある　空に詩《うた》がある
身心《こころ》に　芯から温めて
本気な言葉　と　知心力
心に　タクサン　イレテ　クダサイ
忘れない　忘れわしない

心に誇れる言葉
とーい日々の生活《くらし》の　残像のロケーション—
憎たらしさの顔　脅かされた顔
心が空洞な顔

秋——深い黄昏《たそが》れの空のなかに　——

木漏が●●●

秋　深く　街路樹の木漏が
心に刺す　とーい日の心に残る　残像の
エッセンス　忘れなくて　忘れない
悲しいけれど　悲しい日々　涙を噛む
木漏が舗道に染って　じっと　視る

秋の空　夕ぐれの街路樹のベンチ
だれもいない　落葉が　ベンチに落ちて
夕陽に輝やいている

日々の心を耕す
人生《いきる》　チカラ　人生《いきる》　道程《みち》
心底　泉のように湧てくる
夕陽に　拍手　喝采

秋　空に

　秋　晴れた空　心の芯から温かく
風　がそっと肌を　包む秋　空に深呼吸して
秋　深い空　じっとして　いつまでも視る
心　が騒ぐ　寄り添う心
あなたに　捧げます
生る　チカラ　心に刻む
本気になって　いつまでも　じっとして視る
秋　深い空

空を視る　私しの秋　空にガッポーズー
雲もなく　雲よ　雲に　1礼して
鮮やかな　美しき深い秋　空に　夕陽が
街路樹に散て　ガッポーズ
　心をこめて　拍手　喝采　♪

晩秋の空

　街路樹に
晩秋の風の音色《おと》もなく
どうしたの　どうしたのだろうか●●●
湿《しめ》っぽい晩秋の風　肌をそっと包む
空を視る　雲を視る
　雲の早やさに　心が震《ふる》える

街路樹に夕陽が染められて
　ハッピー　な言葉と
包容力　心に刻んで夕陽に手折《たをる》

朝の風のなかで

心　がひんやりとした早朝
霜が農道《みち》に落ちて　霜柱がザクザクと
音が心に刺す　肌が朝の風に震えている
樹木の葉っぱが　赤く染って　山河に
朝の光　輝いている

涙の言葉　占う
戒の言葉　占う

愛《いとし》　悲しい話し言葉
抱きしめて　抱きしめたくて

指び折りかぞえて　待っているからネー
早やくおいでよー　〜　早やくー

初冬の　風

　秋が去《い》って　雲が漂う空
駆け足で　街路樹に風が吠える
初冬の風が　肌をそっと包む　夕ぐれの雲
心が騒ぐ　　言葉
涙腺が緩む　心に慟哭《なく》

　　　心の空洞
　　孤独な心

心に尖《とが》った　砂をかむような
言葉に　心底から慟哭《なく》

　夕ぐれの空
街路樹　初冬の色に染められている

ヨタ●　ヨタ●の詩《うた》

お元気ですか　心　大丈夫ですか
秋　風が舗道に輝やいて　生きるチカラ
心　のなかで　1歩　また1歩
本気になって　生きる　恋しくても
辛くても　人間様に罵倒され　蹴とばされ
ダマサレテ●また　ダマサレテも慟哭《なかない》
心　心　丈夫して　生きる　夢を　夢を
忘れない　明日《あした》になれば　本気な言葉くる
　秋　空に1礼して　手折《たをる》

秋　風　街路樹の落ち葉が舗道で遊ぶ
ヨタ●　ヨタ●のオヤジ　涙を頬に染めて
落ち葉と戯むれて　掌をじっと視る　ふっと
とーい日々の生活《くらし》　一汁一菜　に悲しむ

心を丈夫にして　一日一生　の言葉心に刻む
生きるのが苦しくても　辛くても1歩　1歩
前に向って　心　明かるく
心を大きく　　生きる　チカラ
忘れない　忘れわしない　○○○

明日《あした》になれば　　ハッピーな言葉がくる
心に　心にくる　○○○

孕む心

あの街カド　恋しい街カド
そこの街　心が騒ぐ
芯《しん》から温かい言葉
どこに　どこに

八月の夕ぐれ
街灯が　にぶく
舗道を染めている

ふたり
戯れて
孕《はら》む心を包む　街カド　街灯 ——

生きる

アシタニ　ナレバ
アシタニ　ナレバ　アシタニ
朝の光　輝く　言葉がある
生きる道程《みち》　本気になって　生きる
悲しくても　心　心　強くなって
地べたに　耳をつけ
両手をついて　顔　空に向けて
前に向って　立ちあがる

明日《あした》に　生きる言葉
本気になって　生きる
心　心　寄り添って
生きる　言葉と人生《いきる》　チカラ
10月の風が　そっと肌を包む

空に　大地に　手折《たをる》　○○○

土砂降りの雨

　積乱雲が吠る　空に大地に
土砂降りの雨　舗道に散って去《い》く
悲しみを誘う　土砂降りの雨
儚く切ない　雨の季節
雨を掌にとって　考がえる

土砂降りの雨　騒ぐ　吠る　唸る

雨ガサ　もなく　ひとり　とぼとぼ
舗道を歩いて行く
風に揺れている　街路樹のひと枝
土砂降りの雨に　吠る　唸る
夜半の雨の空

おふくろ　さん

苦労と云う　字《もじ》を背中にいれて
生命《いのち》かけて　守ってくれた
心　心　やさしい　おふくろ　さん
生る　チカラ　お教えてくれて　ありがとう

人の世は　でこぼこ道　負けない　慟哭《なかない》
悲しい時　空を視る　掌をいつまでも視る
私を産で　くれて　ありがとう
夕やけ空におふくろ　さんの以顔《かを》笑っている
山河のように　心　心　広く
素敵な志《こころ》　ざし　ありがとう　忘れはしない
明るい　舗道　笑顔がいっぱい
おふくろ　さん　おふくろ　さん
ありがとう　ありがとう
涙　涙　あふれて　いつまでも空を視る
おふくろ　さん　おふくろ　さん
空を視て　ありがとう　ありがとう
　いつまでも　いつまでも　忘れない

街路樹の　ベンチ
　ハッピー　な風　誘れてくる
春　ときめきの風の　なかに
心に刺す　言葉
　忘れない　忘れわしない
掌の筋をたどって
いつまでも　考がえる
　考がえる　ベンチで
春の夕陽が　掌のなかに刺す
　心地よ風
心のなかで　慟哭《なく》

心待ち

赤い　バラの花

夜る　深く　流れ星に　心　騒ぐ
静かに　なすがままに
涙　頬をつたいて　舗道に散る
心　古傷　またも　震える
本気な　胎内の　血　掌にしてみる
赤い炎のように　心にバラの花
咲き乱だれて　夕ぐれの空にきえていく

人生《いきる》　苦しみの努力　人生《いきる》　苦しみ
耐えて　人生《いきる》　チカラ
天国に召される心　忘れない

赤いバラの花
心に　心に　あの言葉に
人生《いきて》　人生《いきて》　けれども
苦悶《くもん》して　夕陽が　西の空に散っていく

春の風のなかで

春が来た　山沿にも春が来た
心　心　に悦こびの言葉が来くる
樹木の　ひと枝に新しい芽が　蕾みが
風のなかで
春が来たよう——と笑っている
空をみて笑っている——　笑う　バラ

明日《あした》に　明日《あした》に向って
大地を　本気になって
しっかり踏みしめて
心に大きな　大きな
夢を抱いて
お天様に向って　手折《たをる》

どこ　かで

どこかで　心に刺す言葉　どこかで
忘れなくて　忘れない
脳裏が吠える　心　のなかで

人の世を
　棄てる努力
人生《いき》　ようとする苦しみ
耐えて　生きる　チカラ
心と心　に刻む

北海の砂浜に立って
頬に　生命《いのち》の　赤い血を染め
愛《いと》しい　詩《うた》を心に抱いて　大海をみる
ひとり　真実の路《みち》を行く

春の陽だまりが　あんまり長閑《のどか》で
お伽噺の夢をみる
ふくよかに　青く澄んだ
瞳　かすかに　空に向って笑う
いつまでも　赤いセーターの詩《うた》を
歌ってあげましょうか　○○○

黒髪は　泪にぬれて光っている
それでも　詩《うた》の言葉　実花《はな》は
ひえびえとした心　どうしたのだろうか
なにかに　怯えるような顔　○○○

赤い　セーターのうしろ姿
生き別れて
どこに　どこに　居るのだろうか
北風の空のなかにいるのだろうか　○○○

誘　いの心

春風《かぜ》のなかで

春の空　雲もなく
日脚《あし》が長くなって
舗道の片隅に咲き乱だれる
　チリプー　チリプーだよう——

空に向って　春ですよ——春ですよ
心　元気ですか　●●●
生て　生るのだよ　と
お教えてくれる　チリプー
素敵な顔　春の風のなかに

　とーい日々の生活《くらし》
涙が頬にあふれ
心と心　乱だれて　掌を視る
街路樹に　春風《かぜ》の音色《おと》
心が　凍てつく

空しい現実に
逃げようとした　君
どうすることも
できない　ままに去っていった
この　空しさ
どうすれば　よいのか　叫び叫けんだ

星空を　みあげて　慟哭《ないて》　いる
夜半の街　ひとりあても　なく
歩き　つづけてい　君
くたびれた　背広も
一緒に　慟哭《ないて》　いる　○○○

だれも信じない　信じない
信じないのだ　——

ひとりぽっち

山に　河に
想い出の　春の言葉と春の太陽
煌めき　おしい心
恋しさ　切つなさ
春の光の　なかに

ときめきの　心　と　言葉
舗道に　書きなぐる
心にグット　刺す言葉
いれて　ください

日々　メモ　書き
思考力　アップ
心　強よくして　明日《あした》に
人生《いきる》　人間様なのである

ここ　なら

あと書に添えて

二月　大安の日

風もなく　　晴れわたる三月の空
山　裾の農道《みち》に小さな花が咲き乱だれ
春の空に　　笑ている　長い冬が去《いって》
本気な春がまだ来なくて
春の風　いつ来るのだろうか
声え高からかに二月の空に吠る
春の日差し———心が緩む

二月　大吉の日

風　がそっと肌を包む　　心が温たかく

明日《あした》　どこかに　知らない街に――
生き様　捜しに街をさ迷う　　空を視て
存念に――手折《たをる》

三月　　大安の日

どこに　どこに往くのだろうか　ひとり
春の風に誘われ　　あの街路樹そこの
歩道　てくてく　歩いて歩いて往く
夢を夢よ　　捜しに歩いて歩いて行く

三月　友引の日

哀れ夢を忘れ　　めぐり逢う　　街カド
ふっと夜空をみる　流れ星　夜半の夜に散る

とーい日々　脳裏を掠め　原稿用紙と10時間
睨めっこ　どうする　どうする――
苦労　苦労　苦しむ　そんな　一日が
哀れ夢　を忘れた　人間様です
明日《あした》　になれば　ハッピー　な心に言葉に
挑む　チカラ　が湧いて
心　と　心　が　リフレッピー

四月　忘れない日

四月の朝の空　風もなく晴れわたる空
忘れたくても　忘れない――
とーい日々の　生活《くらし》に涙が溢れる
一汁　一菜　の思いが　心に刺す
明日《あした》　どう生きるのかと　自問自答
考　がえて　掌の筋をたどって考がえる

運命線　感情線　たどって
どこまでも　どこまでも　考がえる
24時間じっとし考がえて　　思考力が
湧いてくる「人とコミュケーション
心底から相手の言葉を理解を求めようと
努力をする」本気な言葉ってなんだろう
心に残る言葉こそ真実の言葉であるが――
真実を伝うることは本当に大変な努力が
大切である　　そのことによって　人間様が
大きく成長する　　1歩1歩　　着実に成長して　　やがて
心に実花《はな》の咲く時がくる
努力と絶望　　新しい希望《みぞみ》が湧いくる

三省堂　書店の　ドアーを　あけて12年
それぞれの作品　多くの思いが
現実の世界に　とびたって去《いった》
国立　図書館　献上　寄贈
三省堂　書店の多くの皆様に心から
感謝の心　忘れません

令和6年　12月23日
深夜　記ス

タイトル　文字
町田　吾一

たかはし しげを 略歴

東京都町田市成瀬台、在住。信条は「雑草のごとく踏まれても強く生きる」
詩　集　「軌跡」武蔵野　文学舎発行
エッセイ「童心に囲まれた仕事の中で」第７回エッセイ奨励賞受賞
詩　集　「気ままに　風と　風と聴く」待望社発行
詩　集　「風に聴く」思考力社発行
詩　集　「風の中に」思考力社発行
詩　集　「風に慟哭」思考力社発行
詩　集　「一丁目一番地」思考力社発行
詩　集　「風に祈り」創英社／三省堂書店発行
詩　集　「風の匂」創英社／三省堂書店発行
詩　集　「My Sweet Home1-1」創英社／三省堂書店発行
詩　集　「心の杖」創英社／三省堂書店発行
詩集英文「心の遊えんち」創英社／三省堂書店発行
詩　集　「アナタニ玉手箱」創英社／三省堂書店発行
詩　集　「ふたたび街角」創英社／三省堂書店発行
詩　集　「カクレンボ街路樹」創英社／三省堂書店発行
詩　集　「どこかで　大切な人に」創英社／三省堂書店発行
詩　集　「心に吠る街角」三省堂書店／創英社発行
詩　集　「風に聴く」三省堂書店／創英社発行

心疼く

令和 7 年 2 月 5 日発行

著者　　　　たかはし しげを
発行・発売　株式会社 三省堂書店／創英社
〒101-0051 東京都千代田区神田神保町 1-1
Tel 03-3291-2295
Fax 03-3292-7687
印刷・製本　シナノ書籍印刷

ISBN 978-4-87923-296-0　C0092　¥1400E